ACADÉMIE FRANÇAISE

CONCOURS DE POÉSIE

LA SŒUR DE CHARITÉ

AU XIXe SIÈCLE

POËME QUI A OBTENU UNE MENTION HONORABLE

PAR

HENRI DE BORNIER

PARIS

CHARLES DOUNIOL, LIBRAIRE-ÉDITEUR,

29, RUE DE TOURNON, 29

1859

LA SŒUR DE CHARITÉ

ACADÉMIE FRANÇAISE

LA SŒUR DE CHARITÉ

AU XIXe SIÈCLE

POÈME QUI A OBTENU UNE MENTION HONORABLE AU CONCOURS
DE POÉSIE DE L'ANNÉE 1859

par

HENRI DE BORNIER

PARIS

CHARLES DOUNIOL, LIBRAIRE-ÉDITEUR,

29, RUE DE TOURNON, 29

1859

LA SŒUR DE CHARITÉ

AU XIXe SIÈCLE

Videte, vigilate et morale.
(MATH. 13, 33.)

Saint Vincent de Paul.

C'est un prêtre sans nom, sans appui dans le monde ;
Il a subi la faim, l'exil, les longs malheurs ;
Mais l'âme du chrétien, que la souffrance émonde,
Comme un arbre fécond, donne des fruits meilleurs !

O Vincent ! on le raille, on le chasse, n'importe !
Ses misères, ce sont les misères d'autrui,
Et son âme gémit, non de la croix qu'il porte,
Mais de la croix qui pèse à plus faible que lui ;

Toute son énergie en pitié se dépense,
Tout son génie est fait d'une active bonté ;
Il demande à son Dieu pour seule récompense
De lui donner la force après la volonté ;

Les douleurs qu'il console et les maux qu'il répare
Ne lui suffisent pas : il songe au lendemain,
Il songe aux malheureux que l'avenir prépare
Et sur eux il voudrait étendre aussi la main ;

Ses vœux seront comblés. Vincent de Paul commence,
D'un obstacle nouveau chaque jour triomphant,
Rien ne le trouble ; il fonde un édifice immense
Comme s'il travaillait au berceau d'un enfant !

Il a pour tout soutien quelques femmes pieuses,
Quelques filles des champs ; mais Dieu permet aussi
Aux bonnes actions d'être contagieuses !
Vous qui ne croyez pas, inclinez-vous ici !

O saint Vincent de Paul, tu n'avais rien à craindre
Pour ta race bénie et tes nobles desseins ;
Car l'outrage, l'exil, la mort, peuvent éteindre
La famille des rois..... jamais celle des saints !

Le puissant qui sourit à sa tour qui s'élève
Sans demander à Dieu de lui servir d'appui,
Travaillant dans l'orgueil, ne triomphe qu'en rêve,
Et l'oiseau de passage est plus prudent que lui !

Les grands lèguent toujours l'orgueil à leurs familles,
Héritage souvent mortel à l'héritier ;
Toi, Vincent, pour tous biens tu lègues à tes filles
Trois devoirs : Travailler, Enseigner et Prier.

I

LE TRAVAIL

Le Travail ! C'est la peine, et c'est la loi suprême ;
Il pèse sur le pauvre et sur le puissant même
Qui monte l'escalier des grandeurs à genoux ;
Le travail est amer et dur pour tous les hommes ;
Nous souffrons tous, car tous, insensés que nous sommes,
    Nous ne travaillons que pour nous !

Mais ces vierges, enfants de la sainte milice,
Bravant ici la peine et là-bas le supplice,
Que leur front a de joie et de sérénité !
Elles vont cependant, émules des apôtres,
Travailler..... Elles vont travailler pour les autres :
    Leur travail, c'est la charité !

Venez donc ! Oh ! venez humbles sœurs, nobles filles,
Venez vers les souffrants, vers les pauvres familles
Qui n'avaient pas assez d'un seul ange gardien ;
Ouvrières de Dieu, remplissez vos corbeilles ;
Voici le jour : sortez de vos ruches, abeilles
    Qui travaillez au miel du bien !

Juste ciel ! Les enfants ont froid dans la mansarde,
Le père est à l'hospice et la mère les garde ;
Pas de pain ! Pas de feu ! Pas d'ouvrage ! Des pleurs !
La fille aînée, hélas ! au mal toujours rebelle,
Se demande pourtant à quoi sert d'être belle.....
    Montez vite, montez, mes sœurs !

Hier, on a vendu l'anneau de mariage,
La croix d'or de l'aïeule, elle-même, est en gage ;
Il faut vendre à l'instant, pour manger aujourd'hui,
Le mince matelas où le dernier-né couche,
Et l'enfant voit sortir d'un œil déjà farouche,
    Ce grabat qu'il croyait à lui !

Mais, soudain, apparaît une figure blanche
Et vers l'enfant surpris une femme se penche ;
La tendresse et la foi rayonnent sur son front,
Elle devine tout et, d'une voix céleste :
« Mère, n'emportez rien — dit-elle — quant au reste,
    « Les anges le rapporteront ! »

Et les infortunés alors reçoivent d'elle,
Après ces humbles biens dont l'absence est mortelle,
Un peu d'or, or sacré quand il est bienfaisant,
Et, sûre enfin d'avoir exilé la misère,
Elle sort, calme et grave, égrénant son rosaire.....
    Mais où donc va-t-elle à présent ?

Elle va chez le riche. Elle songe peut-être
Qu'au milieu des grandeurs aussi Dieu la fit naître,

Qu'elle était noble et belle, et la sainte sourit
En regardant sa robe aux plis droits, qui retombe
Et qui recouvrira dans la paix de la tombe
    La servante de Jésus-Christ !

Elle entre. Tout est bruit et folie et puissance,
Tout invite et tout sert à quelque jouissance,
Ce soir le Dieu du luxe ouvre son paradis !
Parmi les fleurs, les chants, l'or, les cristaux, la soie,
Passent les conviés, le front brillant de joie,
    Charmés, éblouis, applaudis !

L'océan des heureux, dans sa grâce suprême,
Roule son flot vivant qui se berce lui-même ;
Des orages d'hier c'est un oubli complet.
Le seul plaisir étreint cette foule enivrée.....
Mais une femme, au seuil de la salle dorée,
    Dit : Pour les pauvres, s'il vous plaît !

« Riches, je ne viens pas commander : je supplie ;
« L'or tombé de vos mains dans mes mains multiplie.
« Vous, hommes, jeunes gens d'élégance rivaux,
« Donnez-moi seulement, pour l'indigent qui pleure,
« Ce que vous dépensez, disiez-vous tout à l'heure,
    « Pour les harnais de vos chevaux !

« Vous, femmes, qui traînez ces robes opulentes,
« Songez que, près d'ici, dans les tortures lentes,
« Des femmes comme nous succombent par milliers ;

« Mon Dieu ! pour les sauver ! Oui ! pour sauver tant d'âmes,
« Songez qu'il suffirait de détacher, Mesdames,
    « Quelques perles de vos colliers !

« Vous, enfants beaux et fiers, près de qui l'on s'empresse,
« Vous à qui chaque larme attire une caresse,
« Je sais d'autres enfants, de faim, de froid pleurant.....
« Un seul de vos jouets pour eux ! Pas davantage !
« Donnez : la charité se doit faire à tout âge,
    « Car à tout âge Dieu la rend !

« Donnez donc ! Mais, surtout, donnez avec tendresse ;
« Le pauvre est un ami que le ciel nous adresse,
« Un frère infortuné qu'on ne connaissait pas ;
« Du riche il ne vient point disputer l'héritage,
« Ajoutez un sourire au pain qu'on lui partage,
    « Ouvrez vos mains, et puis vos bras ! »

Ainsi parle la douce et noble visiteuse,
La fête s'interrompt, d'elle-même honteuse,
Et dentelles, bijoux, perles, bracelets d'or,
Répandus dans les mains de la pieuse femme,
Attestent ton pouvoir, éloquence de l'âme,
    Ton pouvoir sans égal encor !

L'ouvrière du Christ incessamment travaille.
Elle va maintenant à son champ de bataille,
A l'hospice ! L'hospice ! Immense et morne écueil,
Sinistre hôtellerie où l'indigent s'arrête

Et fait, sur ce lit froid où repose sa tête,
    L'apprentissage du cercueil !

Dans ces murs, quelquefois pleins d'un air insalubre,
Triomphe des douleurs l'égalité lugubre ;
Dieu clément, est-ce vous qui frappez l'homme ainsi ?
Ce sont les pleurs, les cris, les sanglots, l'épouvante,
Les terribles bienfaits que la science invente,
    La science sublime aussi !

Le bruit de l'Océan en montant les marées
N'égalera jamais les voix désespérées
De tant de malheureux que la souffrance abat ;
Ils sont là sans l'ami, sans le frère ou la femme
Dont les soins et les pleurs adoucissent pour l'âme
    L'horreur du suprême combat !

Non ! une telle fin vous serait trop amère,
Vous aurez une sœur, vous aurez une mère,
Pauvres gens ! Vous aurez un ange à vos côtés.
Rien ne rebutera ces sublimes courages ;
Ces vierges subiront tout, même vos outrages,
    Tout, même vos impiétés !

Oui, le sombre hôpital, cet abîme, ce gouffre,
Elles l'aiment ! leur place est partout où l'on souffre,
Partout ! dans les camps même, aux jours les plus affreux,
Quand le canon a fait ses abattis funèbres,
Les mourants, les blessés, dans d'horribles ténèbres
    Voient ces anges penchés sur eux !

Partout ! Vous le savez, murs de nos capitales :
Naguère, quand le peuple, à des heures fatales,
Cherchait les libertés dans les rébellions,
Rosalie, au milieu des vainqueurs éphémères,
Noble mère du faible, a prouvé que les mères
    Désarment encor les lions !

C'est là votre travail, filles du doux apôtre :
Passer, en les calmant, d'une souffrance à l'autre,
Ramener la brebis égarée au bercail,
N'oublier que soi-même, et sans regrets, sans trêves,
Immoler sa jeunesse et peut-être ses rêves....
    Voilà les anges du travail !

II

L'ENSEIGNEMENT.

Disputer l'homme à la souffrance,
Le consoler et le nourrir
Ne suffit pas : de l'ignorance
Il faut, tout enfant, le guérir ;

Il faut retrancher de bonne heure
Les rameaux de l'arbre du mal,
Et dans une terre meilleure
L'abriter de tout vent fatal ;

L'enfant, c'est l'homme encore arbuste
Qu'on peut soumettre ou transplanter;
En lui le mal n'est pas robuste,
La bonne séve peut monter;

Mais pour bien diriger la plante,
Que de soins jaloux et constants!
Il faut que la main soit savante,
Qu'elle soit doucé en même temps!

Mes sœurs, l'école après l'hospice!
A vous aussi ce grand devoir,
Et les anges du sacrifice
Seront les anges du savoir!

Cet enfant que l'on vous amène,
Qui pleure et qui bégaie encor,
Un jour, de la science humaine
Peut-être accroîtra le trésor;

Peut-être sera-t-il un sage,
Un philosophe audacieux;
Il percera le grand nuage
Qui s'étend de la terre aux cieux;

Poète, aux accords de sa lyre
Il suspendra peuples et rois....
En attendant, faites-lui lire
Le catéchisme à haute voix!

Pour tous les combats de la vie,

Armez son cœur, armez sa main ;
Le doute, la haine, l'envie
Vont se dresser sur son chemin ;

Donnez-lui le mépris austère
Des faux biens qu'on cherche avant tout ;
Des vaines grandeurs de la terre
Qu'il ait d'avance le dégoût !

Quand il blâmera, que son blâme
Ne soit ni cruel ni railleur ;
Pour le malheur qu'il ait dans l'âme
Ce respect qui nous rend meilleur !

Ah ! poursuivez cette œuvre auguste,
Mes sœurs ! Loin du monde étouffant,
Pour qu'il soit fort, pour qu'il soit juste,
Préparez l'homme dans l'enfant !

III

LA PRIÈRE

Et maintenant priez ! La cloche vous appelle,
L'aube ouvrira plus tard ses portes de vermeil,
N'attendez pas : allez vers la froide chapelle,
Tandis que nous passons des plaisirs au sommeil ;

Nos lèvres ont, hélas! oublié la prière,
L'homme ne daigne plus vous implorer, Seigneur!
Sa superbe est enfin égale à sa misère,
Et nous considérons comme un droit le bonheur!

Insensés! — Vous, priez à notre place, ô vierges!
Payez notre rançon de pleurs à l'éternel;
Prosternez-vous, la nuit, à la lueur des cierges,
Et baisez en tremblant les marches de l'autel;

Loin du monde, montez sur l'aile des cantiques!
Dans l'océan divin, heureuses, plongez-vous,
Goûtez les flots sacrés des extases mystiques,
Priez à notre place, — et puis priez nous!

Priez pour nous, pour tous! Pour ceux que l'ironie
Ou la haine déchire à chacun de leurs pas;
Pour l'homme qui reçut le fardeau du génie,
Afin que sous la gloire il ne s'affaisse pas!

Pour les rois de la terre : hélas! leur tâche est rude.
Un orage éternel assiége ces hauteurs,
Les meilleurs, de leur droit perdent la certitude
Et souvent les troupeaux conduisent les pasteurs!

Pour les mères en deuil que plus rien ne console!
Et pour la jeune mère au regard triomphant
Qui, la nuit, croit entendre un séraphin qui vole
Au-dessus du berceau de son premier enfant!

Pour tous! Pour l'innocent, pour l'impie et le sage,

Pour les sombres rêveurs dans le doute égarés;
Pour les méchants dont Dieu détourne son visage,
Pour les calomniés et les désespérés !

———

Ainsi vous remplissez votre tâche féconde,
Inspirant à la fois l'amour et le respect,
Dans ce siècle superbe il n'est pas d'homme au monde
    Qui ne s'incline à votre aspect !

Jusqu'aux climats lointains vous portez votre empire,
Les fils de Mahomet vous appellent ma sœur,
Et la férocité des mandarins expire
    Devant vos yeux pleins de douceur !

Chaque jour voit grandir votre œuvre salutaire,
Dieu la protége, et Dieu jamais ne se dément ;
Vous serez en tout temps, et sur toute la terre,
    Le symbole du dévouement !

PARIS. — TYP. DE SOYE ET BOUCHET, PLACE DU PANTHÉON, 2.

DU MÊME AUTEUR

LES PREMIÈRES FEUILLES, poésies (2e édition).

LE MONDE RENVERSÉ, comédie en vers.

DANTE ET BÉATRIX, drame en 5 actes, en vers.

LA MUSE DE CORNEILLE, à-propos, en vers.

LA MUSE DE RACINE, à-propos, en vers.

LA GUERRE D'ORIENT, poëme mentionné au concours de l'Académie Française, de 1857.

PARIS. — DE SOYE ET BOUCHET, IMPR., PLACE DU PANTHÉON, 2.